LEKTÜRE HILFE

# Eine Flasche im Meer von Gaza

Valérie Zenatti

LEKTÜRE
HILFE

# Eine Flasche im Meer von Gaza

Valérie Zenatti

Verfasst von Lucile Lhoste
Übersetzt von Gerda Fischer

# DER QUERLESER

Auf derQuerleser.de findest Du:

Zahlreiche verständliche und detaillierte Lektürehilfen in Nullkommanichts in digitaler Version oder als Taschenbuch.

derQuerleser.de

# VALÉRIE ZENATTI

## FRANZÖSISCHE AUTORIN, ÜBERSETZERIN UND DREHBUCHAUTORIN

- **Geboren 1970 in Nizza**
- **Einige ihrer Werke:**
  - *Als ich Soldatin war* (2002), Autobiografie
  - *Spät dran für den Krieg* (2006), Roman
  - *Jacob, Jacob* (2014), Roman

Valérie Zenatti wurde am 1. April 1970 in Nizza geboren. Sie ist jüdischen Glaubens und wanderte im Alter von 13 Jahren mit ihrer Familie nach Israel aus, wo sie zwischen 1988 und 1990 ihren Militärdienst leistete. Anschließend kehrte sie nach Frankreich zurück, wo sie Geschichte und Hebräisch studierte. Sie übersetzte den israelischen Schriftsteller Aharon Appelfeld (geb. 1932) und übte eine Vielzahl von Berufen aus (Journalismus, Radio, Lehrtätigkeit), bevor sie sich dem Schreiben von Romanen und Drehbüchern widmete.

Für ihre Texte erhielt sie verschiedene Auszeichnungen (u. a. den Prix du Livre Inter für *Jacob, Jacob* im Jahr 2015), und zwei ihrer Romane, *Une bouteille dans la mer de Gaza* und *En retard pour la guerre*, wurden verfilmt.

# EINE FLASCHE IM MEER VON GAZA

## EINE HYMNE AUF DEN INTERKULTURELLEN DIALOG

- **Genre:** Jugendroman
- **Referenzausgabe:** *Une bouteille dans la mer de Gaza*, Paris, L'École des loisirs, coll. « Médium », 2005
- **1. Auflage:** 2005
- **Themen:** der israelisch-palästinensische Konflikt, Krieg, Freundschaft, Dialog

Am Tag nach einem Anschlag in ihrer Nähe hat die 17-jährige Tal eine verrückte Idee: Sie will einen Brief schreiben, der Freundschaft und Hoffnung vermittelt, ihn in eine Flasche schließen und ihren Bruder Eytan damit beauftragen, die Flasche mit nach Gaza zu nehmen und sie dem Meer anzuvertrauen. Die Schülerin hofft, dass die Flasche von einem gleichaltrigen Mädchen gefunden wird, mit dem sie einen Briefwechsel führen könnte. Wider Erwarten ist es ein junger Mann, der ihr antwortet, und er scheint nicht sehr freundlich zu sein...

*Eine Flasche im Meer von Gaza* wurde in rund 15 Sprachen übersetzt, mit mehreren Preisen ausgezeichnet und 2012 von Thierry Binisti (französischer Regisseur, geb. 1964) verfilmt.

# ZUSAMMENFASSUNG

## DIALOG ERZWINGEN

Tal, ein junges israelisches Teenagermädchen, lebt mit ihren Eltern und ihrem Bruder in Jerusalem, wo der Krieg zu einem Teil ihres Alltags geworden ist. Seit drei Jahren und dem Beginn der zweiten Intifada (nationalistischer Aufstand der Palästinenser) folgt ein Anschlag auf den anderen. Einer davon, der sich in einem Café in ihrer Nähe ereignete, schockiert die Gymnasiastin, die sich nicht an so viel Gewalt gewöhnen kann. Sie liebt ihre Stadt, ihren Alltag, ihre Freunde und kann so viel Instabilität und Konflikte zwischen Israelis und Palästinensern nicht mehr ertragen.

### Wussten Sie schon?

Die erste Intifada fand zwischen 1987 und 1993 im Westjordanland und im Gazastreifen statt, den von Israel besetzten palästinensischen Gebieten. Aus Wut über die täglichen Demütigungen und die Verharmlosung des Todes von vier Palästinensern bei einem Unfall, der von einem israelischen Lastwagen verursacht wurde, begannen vor allem junge Palästinenser eine Kampagne des zivilen Ungehorsams, die von Gewaltakten (Steinwürfe, Angriffe mit Molotowcocktails usw.) begleitet wurde. Diese endete mit dem Osloer Abkommen von 1993, in dem ein Plan für eine schrittweise Autonomie der besetzten Gebiete festgelegt wurde. Diese Vereinbarungen waren jedoch ein Misserfolg.

Während sie normalerweise ihre Erinnerungen und Gefühle für sich selbst zu Papier bringt, hat sie eines Tages eine Erleuchtung: Sie muss mit jemandem auf der anderen Seite der Grenze in Gaza in Kontakt treten. Sie beschließt daraufhin, einen langen Brief zu schreiben, den sie in eine Flasche steckt, die sie ihrem Bruder Eytan anvertraut, der in der palästinensischen Stadt seinen Militärdienst leistet. Sie bittet ihn, die Flasche ins Meer zu werfen und hofft, dass jemand sie findet und bereit ist, einen Dialog mit ihr zu führen.

Einige Zeit später trifft eine E-Mail auf der Adresse ein, die Tal eigens für diesen Austausch eingerichtet hat. Zu ihrer Überraschung kommt die E-Mail von einem Mann, der sich nicht auf ihr Spiel einlassen will. Dennoch gelingt es der jungen Israelin, den Dialog zu erzwingen, und sie beginnt eine ständige Korrespondenz mit dem Mann, der sich Gazaman nennt.

Einige Monate später, als Tal durch Jerusalem läuft, um die Stadt für einen Dokumentarfilm zu filmen, ereignet sich vor ihren Augen ein Attentat. Dieses Ereignis erschüttert ihr Leben, macht sie ernster und verbitterter und bringt sie dazu, ihren Brieffreund in die Enge zu treiben. Dieser gesteht ihr schließlich seinen Vornamen, Naïm, und berichtet ihr seinerseits, wie er seinen Alltag und den Krieg im Gazastreifen erlebt.

Sechs Monate nachdem er die Flasche gefunden hatte, schrieb Naïm Tal eine Nachricht, die seine letzte sein sollte. Er erzählt ihr alles, was sie von ihm wissen wollte, berichtet ihr von seiner kürzlich erfolgten Bewerbung für ein Stipendium in Kanada und verabredet sich mit ihr drei Jahre später am Trevi-Brunnen in Rom.

## EINE GEHEIME KORRESPONDENZ

Die Beziehungen zwischen Israelis und Palästinensern sind verpönt, weshalb Eytan zunächst schockiert über die Bitte seiner Schwester ist: Ist sie nicht verrückt, in Zeiten des Krieges mit einem Palästinenser sprechen zu wollen? Außerdem bringt ihn die Überbringung einer solchen Botschaft aus denselben Gründen selbst in Gefahr. Aus Rücksicht auf seine kleine Schwester gibt er schließlich nach.

Tal hat eigens für diese Korrespondenz eine neue E-Mail-Adresse eingerichtet, die sie in den nächsten zwei Wochen häufig aufruft, bis sie schließlich eine Nachricht von einem gewissen Gazaman erhält. Gazaman zerstört ihre Illusionen: Sie habe Glück, dass ihre Flasche von jemandem mit Hebräischkenntnissen gefunden wurde, denn in Gaza spreche kaum jemand Hebräisch. Und er hat auch keine Lust, auf ihre Bitten zu antworten...

Diese Behauptungen sind jedoch nicht so wahr, wie ihr Urheber glauben machen will. Im Grunde ist er von Tal und ihrer Aufrichtigkeit sehr fasziniert und kann nicht anders, als ins Internetcafé zu gehen, um ihr zu antworten, wobei er darauf achtet, dass ihn niemand erwischt.

Es ist in der Tat gefährlich, in Gaza einen herzlichen Kontakt zu einem Israeli zu haben. Eines Tages beschließt er, nicht mehr ins Internetcafé zu gehen und stattdessen einen Computer in einem von Freunden betriebenen Lokal zu benutzen, um mit dem Mädchen in Kontakt zu bleiben, weil er glaubt, dass er enttarnt wurde, und weil er die möglichen Konsequenzen fürchtet.

Er bleibt jedoch mehrere Monate lang sehr misstrauisch und weigert sich, etwas Konkretes über sich preiszugeben. Tal erfährt es erst viel später, aber Eytan weiß ein wenig über Naïm. Der Soldat hatte den Strand in Gaza, an dem er die Flasche deponiert hatte, aus Neugier regelmäßig beobachtet und den Moment mitbekommen, als der Palästinenser den Brief fand. Er wusste von Anfang an, wie der junge Mann aussah, zog es aber vor, dieses Detail zu verschweigen, obwohl er zugab, von Anfang an Vertrauen gehabt zu haben.

## EINE FREUNDSCHAFT ÜBER GRENZEN HINWEG

Naïm schweigt lange Zeit völlig über sein Leben und seine Vergangenheit. Erst am Ende des Romans, als er nach Kanada reisen will, offenbart er ihr, dass er für sein Stipendium gearbeitet hat. Der Leser erfährt auch, dass Tal ihn an ein anderes Mädchen mit demselben Vornamen erinnert, das er in Israel kennengelernt hatte, als er dort arbeitete. Er wohnte bei seinem Vater, der auch sein Arbeitgeber war, und hatte sich nach und nach in die andere Tal verliebt. Nach dem Ausbruch der zweiten Intifada im Jahr 2000 war es jungen Palästinensern wie ihm nicht mehr möglich, in Israel zu arbeiten. Naïm schwor sich daher, Gaza zu verlassen, um sich anderswo eine bessere Zukunft aufzubauen.

Während ihres Austauschs erhält Tal von ihrem Vater einen Vorschlag, der sie besonders interessiert: Sie soll einen Dokumentarfilm über Jerusalem drehen und dabei die Stadt so filmen, wie sie sie sieht. So kam es, dass sie eines Morgens Zeuge der Explosion eines Busses auf offener Straße wurde, in dem sich mehrere Personen befanden. Daraufhin antwortet sie Naïm mehrere Tage lang nicht mehr. Tal war schon vorher besorgt über das, was um sie herum geschah, aber nach dem Busanschlag kam sie kaum noch aus dem Haus, musste zu einem Psychologen und irrte völlig hilflos umher.

Nach und nach wird der Briefwechsel mit Naïm zu einem Zufluchtsort: Sie spricht leichter mit ihm als mit dem Arzt, dem sie sich erst nach mehreren Sitzungen anvertraut. Ihr Vater kann sie jedoch aus ihrer Lethargie reißen, indem er sie zu einem Spaziergang in die Stadt mitnimmt. Nur so kann sie ihm alles über ihre Brieffreundschaft erzählen, was er ohne zu zögern akzeptiert. Tal hat daraufhin ein ungutes Gefühl, da Naïm ihr seit einiger Zeit keine Nachricht mehr geschickt hat. Es bestätigt sich durch die Trennung, die eintritt, als er seine Absicht ankündigt, das Land zu verlassen, obwohl er versprochen hat, sich drei Jahre später zu treffen.

# UNTERSUCHUNG DER CHARAKTERE

## TAL LEVINE

Tal ist eine 17-jährige Gymnasiastin, die am 1. Juli 1986 in Tel Aviv geboren wurde – obwohl alle Mitglieder ihrer Familie über mehrere Generationen hinweg in Jerusalem geboren wurden. Laut Naïm, der sie gleichzeitig mit dem Leser entdeckt, als sie ihm ihr Foto per E-Mail schickt, hat sie ein kantiges, offenes Gesicht, lange, braune Haare, braungrüne Augen und Sommersprossen. Sie ist hübsch, ohne extrem schön zu sein. Sie ist kontaktfreudig und hat ein fröhliches Wesen, obwohl sie sich große Sorgen über die Kriegssituation in ihrem Land macht.

Ihr Umfeld und ihre Lebensqualität sind trotz der latenten Unsicherheit recht komfortabel. Die Jugendliche weiß jedoch, dass es schwierig ist, das Thema Dialog mit den Palästinensern anzusprechen, weshalb sie erst sehr spät von ihrem Briefwechsel mit Naïm berichtet. Als ihre Eltern davon erfahren, sind sie überraschend tolerant: Im Grunde sind auch sie einer Verständigung nicht verschlossen, auch wenn sie dies aufgrund der Spannungen zwischen den beiden Gebieten nicht offen aussprechen können.

Ihre wichtigsten Beziehungen sind Efrat, ihre beste Freundin, Ouri, ihr Freund, und dessen Schwester, mit der sie sich ebenfalls gut versteht. Sie steht auch ihrem Bruder Eytan, einem 20-jährigen Militärsanitäter, sehr nahe, mit dem sie oft in das immer gleiche Café geht, wenn er auf Urlaub ist. Dies ist einer der Gründe, warum sie der Anschlag, der sich zu Beginn des Romans in dem besagten Café ereignet, so sehr berührt: Es ist ein Ort, der ihr vertraut ist.

Tal hat wichtige Ereignisse der israelischen Geschichte miterlebt, von denen zwei sie besonders geprägt haben: die Unterzeichnung des Osloer Abkommens 1993 (ein Schritt im israelisch-palästinensischen Friedensprozess, der die erste Intifada beendete) und die Ermordung von Yitzhak Rabin (israelischer Politiker, 1922-1995). Jedes Jahr besuchen sie und ihre Familie den Platz, an dem dieser erschossen wurde, um dieses schicksalhaften Datums zu gedenken.

## Yitzhak Rabin

Yitzhak Rabin wurde als Sohn einer zionistischen Familie in Israel geboren und trat nach seinem Schulabschluss in die jüdische Untergrundarmee ein, die für die Unabhängigkeit des Landes kämpfte, das damals unter britischem Mandat stand. Er stieg auf und wurde 1964 Generalstabschef der IDF (wie die israelische Armee nach der Unabhängigkeit 1948 hieß), bevor er für fünf Jahre Botschafter in Washington wurde.

1974 trat er als Arbeitsminister in die Politik ein, bevor er im selben Jahr als Nachfolger von Golda Meir (1898-1978) Premierminister wurde. Als Verteidigungsminister zeigte er sich 1987 unnachgiebig gegenüber den aufständischen Palästinensern. Während seiner zweiten Amtszeit als Premierminister ab 1992 änderte er seine Haltung und begann, sich für den Frieden zwischen Israelis und Palästinensern einzusetzen, wofür er 1994 sogar den Friedensnobelpreis erhielt. Im Jahr darauf wurde er bei einer Demonstration zur Unterstützung der Regierung von einem ultra-nationalistischen Fanatiker ermordet.

Wie viele Israelis lebt Tal im Rhythmus der Anschläge, die regelmäßig im Land verübt werden. Dennoch gewöhnt sie sich nicht an so viel Gewalt und Konflikte. Ihr Wunsch, eines Tages in einem friedlichen Land zu leben, in dem Israelis und Palästinenser zusammenleben können, ist die treibende Kraft hinter ihrer Entscheidung, eine Flasche in den Gaza-See zu werfen.

Die Busexplosion, die sie miterlebt, erschüttert sie so sehr, dass sie nicht mehr zur Schule geht, aber sie kann nicht anders, als ihren unerschütterlichen Glauben daran zu bewahren, dass ihr Traum von der Versöhnung wahr werden wird. Sie unternimmt jedoch keine großen Schritte in diese Richtung, da ihr Briefwechsel mit einem Palästinenser ihre einzige Form des Widerstands gegen die Barbarei ist. Damit geht sie jedoch bereits ein großes Risiko ein und beweist für ihr Alter außergewöhnlichen Mut.

Wenn sie hofft, sich mit einem anderen jungen Mädchen über ihre Sorgen unterhalten zu können, ist sie von der Wirkung ihrer Flasche doppelt überrascht. Es ist nicht nur ein Mann, der sie findet, sondern er zeigt ihr durch seine Aussage auch, dass die palästinensische Jugend noch hilfloser ist, als sie dachte. Tal versteht, dass es auf beiden Seiten Leid gibt und dass die Palästinenser, die als Feinde dargestellt werden, ebenfalls die schweren Folgen des Krieges zu tragen haben. Als Teenager steht sie dem Konflikt hilflos gegenüber, findet aber dennoch einen für sie erreichbaren Weg, um die Grenze zum Gazastreifen zu überqueren und einen Dialog herzustellen.

## NAIM AL-FARJOUK

Naïm ist zum Zeitpunkt der Erzählung 20 Jahre alt und wurde wahrscheinlich um 1983 oder 1984 geboren, wenn man die Jahre miteinbezieht, in denen er mit Tal korrespondiert. Er ist ziemlich groß und hat kurzes, lockiges Haar. Er hat ein neckisches Temperament und ist weit weniger naiv und verspielt als seine Brieffreundin. Er ist ein Einzelkind – was in Gaza äußerst selten vorkommt – und wird von seinen Eltern verhätschelt.

Im Gegensatz zu den meisten Palästinensern kann Naïm Hebräisch, weil sein Vater darauf bestand, dass er es lernt, als der israelisch-palästinensische Friedensprozess in Gang gesetzt wurde. Er ist schulisch sehr begabt und arbeitet hart, um sich ein besseres Leben zu ermöglichen, und schafft es, ein Stipendium für ein Studium in Kanada zu bekommen. Sein Sozialleben ist abgesehen von seinen beiden europäischen Freunden, den Psychologen Paolo und Willy, arm. Er leiht sich ihren Computer aus, nachdem er beschlossen hat, das Internetcafé nicht mehr zu besuchen.

Als er ungefähr im selben Alter wie Tal war, hatte er die Gelegenheit, nach Israel zu gehen und dort zu arbeiten. Nach einer Blockade der Checkpoints nach Gaza musste er dort wohnen und kam dann regelmäßig zu seinem Chef, um zu essen und/oder zu schlafen. Dort lernte er eine andere Tal, die Tochter seines Arbeitgebers, kennen und verliebte sich in sie. Leider musste er kurz darauf nach Gaza zurückkehren, weil es dort keine Arbeit für ihn gab, und konnte wegen der zunehmenden Anschläge auf israelischem Boden nicht mehr dorthin zurückkehren. Dieser harte Einschnitt hat ihn tief beeindruckt: Er will nicht mehr an einen Ort, an dem seine Beziehungen von jedem Gewaltakt abhängig sind.

Naïm ist sehr misstrauisch und gibt nur ungern etwas von sich preis. Selbst gegenüber seinen Freunden braucht er lange, um sich zu öffnen. Erst die Äußerungen von Paolo und Willy über die Möglichkeit eines Individuums, in sich selbst zu existieren und seine Risse heilen zu können, erschüttern ihn und bringen ihn dazu, sich endlich zu öffnen. Die beiden Psychologen sind in Palästina, weil man Konflikte nicht verhindern kann, aber man kann den Betroffenen helfen, ihre Wunden zu heilen. Ihnen zuzuhören und sie als Individuen und nicht als anonymen Teil eines Kollektivs zu betrachten, ist für sie die Grundlage ihres Berufs.

Naïm, der selbst viel gelitten hat, bricht bei diesen Worten zusammen.

In seinem Briefwechsel mit Tal verwendet er zunächst den Spitznamen Gazaman, nennt seinen Vornamen nur in einer Phase großer Müdigkeit nach Aktionen, die Bekannte getroffen haben, und spricht erst in seiner Schlussbotschaft wirklich von ihm, als er sicher ist, dass das Mädchen keine Gelegenheit mehr haben wird, ihm zu antworten.

Zu Beginn der Erzählung hat er bereits viel durchgemacht. Sein anfängliches Zögern, den Austausch fortzusetzen, hat jedoch nur wenig mit dem Konflikt zu tun, sondern ist hauptsächlich auf die Erinnerung an die andere Tal zurückzuführen, die ihn immer noch verfolgt. Nach und nach begreift er, dass seine Brieffreundin nicht unbedingt hirnlos ist, nur weil sie jung ist, und er beginnt zu hoffen, dass es so lange nach seiner Abschottung in Gaza noch möglich ist, eine echte Beziehung zu einem anderen Menschen aufzubauen. Mit dieser Erkenntnis und der Erleichterung, dass am Ende des Weges jemand auf ihn wartet, kann er sich getrost auf den Weg machen, um im Ausland weiter zu studieren.

## EYTAN LEVINE

Eytan ist ein 20-jähriger Militärsanitäter und der ältere Bruder von Tal. Wie alle israelischen Jugendlichen in seinem Alter muss er Militärdienst leisten, da das Gesetz vorschreibt, dass jeder junge Mann oder jede junge Frau, außer in außergewöhnlichen familiären Situationen (z. B. wenn der junge Mann Kinder hat), bis zu drei Jahre in der Armee dienen muss. Er dient im Gazastreifen, spricht aber nicht viel darüber, was er dort erlebt. Tal nimmt an, dass er die Schrecken, die er miterlebt, vor ihr verbirgt, um sie nicht zu traumatisieren: „Ich nehme an, er hat gelernt, nicht zu sehen oder zu vergessen, um nicht zu früh wie ein alter Mann auszusehen.“ (p. 9)

Er ist von Natur aus ruhig und besonnen, ein bereits sehr reifer junger Mann, der sich der Schwere des israelisch-palästinensischen Konflikts voll bewusst ist. Er scheint recht offen zu sein, wenn auch nicht so offen wie seine Schwester: Im Gegensatz zu ihr ist er nicht so optimistisch, was die Möglichkeit einer Freundschaft zwischen den beiden Seiten angeht. Er prüft zunächst den Inhalt der Briefe, handelt erst, wenn er sicher ist, dass er nicht gesehen werden kann (sein Verhalten könnte als verdächtig angesehen werden), und kehrt dann mehrmals zurück, wobei er immer wieder hinter sich schaut, in der Hoffnung, die Person zu sehen, die die Flasche aufhebt.

Diese Details werden jedoch erst am Ende des Romans enthüllt, als Eytan sein Geheimnis verrät: Er ist der Einzige, der weiß, wie Naïm aussieht, da er gesehen hat, wie er den Brief entgegengenommen hat. Bei dieser Gelegenheit wird er auch wütend auf seine Schwester, was sehr selten vorkommt und die Distanz zwischen ihnen verdeutlicht: „Ich meine, lebst du auf dem Mars oder was? Hast du wirklich geglaubt, ich würde in Gaza eine Flasche ins Meer werfen, ohne etwas über ihren Inhalt zu wissen? Ich bin ein Soldat, Tal. Kein verantwortungsloser Träumer." (S. 143)

## OURI UND EFRAT

Ouri und Efrat sind zwei israelische Teenager und jeweils der Freund und die beste Freundin von Tal. Sie gehen mit ihr auf dieselbe Schule, aber nur Efrat ist in derselben Klasse wie ihre Freundin (und sie sorgen dafür, dass sie in jeder Unterrichtsstunde nebeneinander sitzen). Sie sind nur indirekt mit dem Konflikt konfrontiert, daher fällt es ihnen schwer, Tal zu trösten, als sie Zeugin des Busattentats wird. Sie sind ihr gegenüber jedoch sehr rücksichtsvoll, und man kann sogar sagen, dass sich ihre Gemütslage ernster entwickelt, da die Gewalttat ihre Freundin direkt getroffen hat.

Während Efrat im weiteren Verlauf der Handlung nur noch sporadisch erwähnt wird, fragt Tal häufig nach ihren Gefühlen in Bezug auf Ouri. Sie sagt ihrem Vater, dass sie den Jungen immer noch liebt - zumindest glaubt sie das -, gibt aber zu, dass sie sich für Naïm entscheiden würde, wenn sie eine Wahl treffen müsste.

## TALS ELTERN

Die Eltern von Tal und Eytan sind die einzigen israelischen Charaktere (neben der Familie des anderen Tal, deren Gefühle jedoch nicht besonders detailliert beschrieben werden), die den Beginn des Friedensprozesses miterlebt und verstanden haben. Sie hatten die Konflikte zwischen Israel und Palästina satt und setzten große Hoffnungen in das Osloer Abkommen von 1993, das die beiden Länder einander näher bringen sollte. Sie gingen nicht zur Arbeit, kauften ungewöhnliche Speisen und Getränke und weinten vor Freude vor dem Fernseher, der die israelischen, palästinensischen und amerikanischen Führer bei ihrem Treffen zeigte.

Seitdem sind sie enttäuscht und führen wie alle Israelis ein Leben von Tag zu Tag, ohne zu wissen, wie sich der Konflikt am nächsten Tag entwickeln wird. Dennoch haben sie ihre pazifistischen Ideen nicht aufgegeben und glauben weiterhin an den Dialog zwischen den beiden Gemeinschaften, der ihrer Meinung nach immer noch möglich ist. Deshalb zeigen sie zwar nicht den gleichen überschwänglichen Enthusiasmus wie ihre Tochter (wahrscheinlich sind sie moralisch müde von diesem Konflikt), aber sie ermutigen sie in dem Vertrauen, das sie Naïm entgegenbringt.

# SCHLÜSSEL ZUM LESEN

## DER ISRAELISCH-PALÄSTINENSISCHE KONFLIKT

Dieser geopolitische Konflikt hat seinen Ursprung in der Balfour-Erklärung (benannt nach ihrem Unterzeichner, dem britischen Außenminister Arthur Balfour, 1848-1930) aus dem Jahr 1917. Das Vereinigte Königreich sprach sich mit diesem Dokument für eine nationale jüdische Heimstätte in Palästina aus, während die Araber die Gründung eines unabhängigen arabischen Staates erwarteten, die zwei Jahre zuvor im Hussein-McMahon-Abkommen versprochen worden war.

Nach dem Zweiten Weltkrieg (1939-1945) konnten die Briten keine zufriedenstellende Lösung finden, um die jüdischen und palästinensischen Standpunkte zu vereinbaren und die Gewalt einzudämmen. Sie übergaben ihr Mandat für das Gebiet an die Vereinten Nationen, die im November 1947 einen Teilungsplan für Palästina verabschiedeten, der das Land in drei Teile aufteilte: einen jüdischen Staat, einen arabischen Staat und eine internationale Zone (Jerusalem). Diese Resolution, die von den Palästinensern abgelehnt wurde, löste einen regelrechten Bürgerkrieg aus. Als Israel im Mai des folgenden Jahres seine Unabhängigkeit erklärte, war der Krieg offiziell und leitete die kriegerische Zeit ein, die diese Region der Welt bis heute erlebt.

Die Meinungsverschiedenheiten beruhen hauptsächlich auf der fehlenden gegenseitigen Anerkennung der beiden Völker und der Nichtanerkennung der Existenz eines palästinensischen Staates durch einige Mitglieder der Vereinten Nationen. Neben dieser Konfrontation im Zusammenhang mit dem Territorium stehen sich die beiden Entitäten auch in religiöser Hinsicht gegenüber: Palästina ist mehrheitlich muslimisch, während Israel zionistisch (von einem starken jüdischen Nationalgefühl durchdrungen) ist.

Vor den von Tal und Naïm erwähnten Ereignissen im Zusammenhang mit dem palästinensischen Aufstand im Jahr 2000 wurden verschiedene Lösungen zur Beendigung des Konflikts in Betracht gezogen. So sah das 1978 vom ägyptischen Präsidenten Anwar al-Sadat (1918-1981) und dem israelischen Premierminister Menachem Begin (1913-1992) unterzeichnete Camp-David-Abkommen unter anderem vor, eine Grundlage für Verhandlungen über das Schicksal des Gazastreifens zu schaffen. Das Osloer Abkommen, das 1993 im Beisein von Yitzhak Rabin, Yasser Arafat (palästinensischer Staatsmann, 1929-2004) und Bill Clinton (US-Präsident, geb. 1946) unterzeichnet wurde, sah eine schrittweise Autonomie Palästinas vor, indem eine nationale Behörde und eine klare Aufteilung der Gebiete eingeführt wurden. Ihre Umsetzung wurde durch die Ermordung Rabins im Jahr 1995 verlangsamt und nach Beginn der zweiten Intifada aufgegeben.

Dieser Konflikt ist derzeit ungelöst und umso angespannter, als sich seit dem Gaza-Krieg 2014 und der daraus resultierenden Welle der Gewalt ab 2015 die

Beziehungen zwischen Israel und Palästina weiter verschlechtert haben.

## DER MODUS DER KORRESPONDENZ

Der Roman weist mehrere unterschiedliche Erzählweisen auf: Er wechselt ständig zwischen klassisch erzählten Kapiteln, die mal von Tal, mal von Naïm präsentiert werden, und Kapiteln, in denen die E-Mails zwischen den beiden Protagonisten erscheinen.

In den Kapiteln, in denen sie für sich selbst sprechen, lassen sie ihren Sorgen und Gefühlen freien Lauf. Sie stellen sich die Fragen, die sie nicht mit anderen teilen können, und treffen Feststellungen, die als Grundlage für ihre ungewöhnliche Beziehung dienen.

> *„Ich sagte ihm, dass sich die Fragen nicht stellen würden, wenn ich nicht Israelin und er kein Palästinenser wäre. Aber so ist es nun einmal: Wir wurden dort geboren, wo die Erde brennt, wo sich die Jungen schon früh alt fühlen, wo es fast ein Wunder ist, wenn jemand eines natürlichen Todes stirbt." (p. 69)*

In ihren E-Mails, die von Dritten gelesen werden könnten, geben Tal und Naïm nur wenig von sich preis und ziehen es oft vor, über leichtere Themen zu sprechen. Die E-Mails werden mit Adressaten, Empfängern und Betreffzeilen vorgestellt, und der Tonfall ist oft freier als in den klassischen Kapiteln, obwohl sie von denselben Personen erzählt werden.

> *„Besondere Kennzeichen: Gibt vor, höflich zu sein, schreibt aber ‚Hallo, Maschine'. Besitzt einen Sinn für Humor, ich würde sogar sagen, für jüdischen Humor. Auch den Geschmack der Geheimhaltung." (p. 51)*

Viel später und nur in einem einzigen Fall sprechen Tal und Naïm per Instant Messaging miteinander. In diesem Gespräch stellt Naïm fest, dass Israelis und Palästinenser sich noch nie über die von ihnen verwendeten Wörter einig waren und dass allein diese Tatsache ein Hindernis für ihre Verständigung darstellt. Diese Überlegung entspringt der Tatsache, dass ihnen in diesem Moment bewusst wird, dass sie nicht die gleichen Begriffe für die gleichen Dinge verwenden:

> *„Ihr sagt, dass ihr in der Stadt Sichem nach Terroristen sucht, und wir sagen, dass ihr unseren Kämpfern in der Stadt Nablus auf den Fersen seid (Und es ist dieselbe Stadt! Und es sind dieselben Männer!)“* (S. 139)

Die Wahl des Briefwechsels als Erzählform folgt einer rationalen Logik: Da die Geschichte in einem realistischen Rahmen bleiben sollte, war es für die Autorin unmöglich, Tal nach Palästina zu schicken (sie ist noch nicht alt genug, um wie Eytan den Militärdienst zu leisten). Die einzige Möglichkeit, die sie hat, um einen Dialog mit der anderen Seite zu beginnen, ist, dort eine Botschaft zu übermitteln, in diesem Fall in Form von Briefen und später E-Mails. Diese stilistische Entscheidung hat also in erster Linie einen praktischen Grund.

Allerdings kann man in den politischen Äußerungen der Protagonisten eine Anklage der herrschenden Verhältnisse erkennen, wie es auch in anderen Briefromanen der Fall war. Diese Tradition ist alles andere als neu: Bereits 1721 kritisierte Montesquieu (französischer Schriftsteller und Denker, 1689-1755) in den *Persischen Briefen* die französische Gesellschaft seiner Zeit, allerdings auf eine etwas umständlichere Weise, um die Zensur zu umgehen. Hier geht es darum, Teenagern, die kurz davor stehen, Weltbürger zu werden, die Absurdität des Konflikts zu vermitteln, indem man zwei von ihnen direkt eine Stimme verleiht.

## DIE HOFFNUNGEN DER JUGEND IM NAHEN OSTEN

Die beiden Protagonisten sind Vertreter einer Jugend, die Hoffnung auf eine Versöhnung zwischen Israel und Palästina hatte, als die ersten Friedensabkommen, die sie kannten (die Osloer Verträge), unterzeichnet wurden, und die nicht versteht, wie die Situation so eskalieren kann, wenn beide Völker vorgeben, dass sie wollen, dass der Konflikt sich beruhigt: „Eines Tages werdet ihr, werden wir feststellen, dass es in der Gewalt keinen möglichen Gewinner gibt, dass es ein Krieg der Verlierer ist. Eine Verschwendung." (p. 166)

Obwohl sie nach dem Scheitern des Osloer Abkommens weiterhin auf einen glücklichen Ausgang hoffen, sind sie fatalistisch geworden: Nichts scheint sich in ihrem Land zu verbessern und sie wissen nicht, was sie tun können, um zu versuchen, die Situation zu verbessern. Da die Gewaltakte andauern, scheint sich die Bevölkerung mit dem Fortbestehen des Konflikts abgefunden zu haben – oder besser gesagt, sie hat sich damit abgefunden. Tal erklärt, dass nach dem Angriff auf das Café und dann auf den Bus das Leben scheinbar weitergeht, weil es angesichts der Häufigkeit der Anschläge jedem klar ist, dass man nur in der Hoffnung leben kann, nicht zu den zukünftigen Opfern zu gehören.

Auf der Seite von Naïm ist die Lage komplizierter. Die Menschen leben relativ normal, abgesehen von der Militärpräsenz, sind aber gleichzeitig von der Welt abgeschnitten und werden von ihren einzigen jüdischen Nachbarn extrem stigmatisiert. Sie leben von der Hand in den Mund, warten darauf, dass ihnen ein Staat zuerkannt wird, sind einander gegenüber misstrauisch (Naïm achtet darauf, in der Öffentlichkeit nicht die geringste Sympathie für die Israelis zu zeigen) und sehnen sich nach der Wiedererlangung ihrer Freiheit.

Seit dem Herbst 2015, aufgrund der Messer-Intifada, haben viele Medien eine Bestandsaufnahme der Motive vorgenommen, die junge Palästinenser dazu bringen, sich sowohl gegen Israel als auch gegen jede Autorität aufzulehnen. Wie sie feststellten, sind sie „größtenteils nach dem Oslo-Abkommen geboren, mit dem inzwischen erwiesenen Scheitern des ‚Friedensprozesses' aufgewachsen, in ständiger Frustration, Angst und Erniedrigung, ohne Zukunftsperspektive" (WARSCHAWSKI M., « La jeunesse palestinienne à couteaux tires avec Israël », in *Association France Palestine Solidarité*, Oktober 2015). Diese Jugend kennt nur ihr Land, und was sie aus dem Arabischen Frühling (eine Reihe von Aufstandsbewegungen in arabischen Ländern ab 2011) gelernt hat, hat ihr Gefühl der Ungerechtigkeit gegenüber ihrer eigenen Situation noch verstärkt. Sie ist verzweifelt und zögert nicht mehr, zu den Waffen zu greifen, weil sie mit ansehen musste, wie ein Versuch nach dem anderen, den Konflikt diplomatisch zu lösen, gescheitert ist.

Auch Tal und Naim sehen keine Lösung, aber im Gegensatz zu den meisten Juden und Palästinensern von damals und heute weigern sie sich zu glauben, dass Gewalt irgendeine positive Wirkung haben könnte; sie ziehen den Dialog den Waffen vor, weil sie beide die erschütternden Folgen des Krieges miterlebt haben.

# DENKANSTÖSSE

## EINIGE FRAGEN, UM IHRE ÜBERLEGUNGEN ZU VERTIEFEN...

- „Dies sind Tage der Dunkelheit, der Trauer und des Entsetzens. Die Angst ist zurückgekehrt." (S. 7) Auf welche Weise fassen diese Sätze, die den Roman eröffnen, den momentanen Gemütszustand der Heldin zusammen? Wie wird sich diese weiterentwickeln? Beantworten Sie die Frage mithilfe von Elementen aus dem Roman.
- Die Handlung spielt zwischen September 2003 und Mitte 2004, während die zweite Intifada seit drei Jahren tobt. Welche Auswirkungen hat diese Kriegssituation auf die israelische und die palästinensische Bevölkerung? Beantworten Sie die Frage, indem Sie Elemente aus dem Briefwechsel zwischen Tal und Naïm zitieren.
- Der historisch-politische Kontext nimmt in dem Roman einen großen Raum ein. Inwiefern ist er für das Verständnis der Psychologie der Figuren von entscheidender Bedeutung?
- Warum müssen Tal und Naïm ihre Korrespondenz verheimlichen, und warum erscheint es ihnen absurd, dies zu tun?

- Ist die Reaktion von Tals Familie, als sie von seinem E-Mail-Austausch mit einem Palästinenser erfahren, überraschend? Begründen Sie Ihre Antwort.
- Eytans militärischer Status erinnert an den Dienst, den alle jungen israelischen Männer und Frauen in der Armee leisten müssen. Ist Eytan trotz dieses Status in der gleichen Gemütsverfassung wie seine Schwester oder sieht er den Konflikt anders?
- Das Ende des Romans ist offen, während der Regisseur des Films die zukünftige Begegnung der beiden jungen Leute vorstellt. Wie interessant sind Ihrer Meinung nach diese beiden Ausrichtungen?
- Wie würden Sie den Briefwechsel zwischen den beiden Protagonisten auf der Leinwand wiedergeben? Warum?
- Inwiefern spiegelt dieses Zitat von Naïm die Verzweiflung der palästinensischen Jugend wider?

> *„Ich muss der einzige Palästinenser in Gaza sein, um den sich auf der anderen Seite jemand sorgt. Die UNESCO sollte mich zum historischen Denkmal oder zum Weltkulturerbe erklären. Man sollte mich filmen und der ganzen Welt zeigen, wie ein seltenes und wertvolles Objekt.“ (p. 85)*

- Spiegeln die Figuren Tal und Naïm die heutige Jugend in Israel und Palästina wider? Was unterscheidet sie von ihnen?

# WEITERFÜHRENDE INFORMATIONEN

## REFERENZAUSGABE

ZENATTI V., *Une bouteille dans la mer de Gaza*, Paris, L'École des loisirs, coll. « Médium », 2005, 167 S.

## REFERENZSTUDIE

WARSCHAWSKI M., « La jeunesse palestinienne à couteaux tirés avec Israël », in *Association France Palestine Solidarité*, Oktober 2015, abgerufen am 27. September 2016. http://www.france-palestine.org/La-jeunesse-palestinienne-a-couteaux-tires-avec-Israel.

## FILMISCHE ADAPTION

*Une bouteille à la mer*, Film von Thierry Binisti, mit Agathe Bonitzer (Tal) und Mahmoud Shalaby (Naïm), Frankreich, Québec, Israel, 2012.

Der Film hat eine recht ähnliche Handlung wie der Roman von Valérie Zenatti, wobei die E-Mails von einer Stimme aus dem Off vorgelesen werden. Allerdings erstrecken sich die Ereignisse über ein Jahr (gegenüber der Hälfte der Zeit im Buch), einige Nebenfiguren werden ausgeblendet, Naïm studiert am französischen Kulturzentrum in Gaza statt in Kanada und die Handlung geht etwas weiter als das Ende des Romans, indem sie sich das Treffen zwischen Tal und Naïm vorstellt. Der Film wurde zwischen 2011 und 2012 mehrfach ausgezeichnet.

*Deine Meinung ist uns wichtig!*
*Hinterlasse doch einen Kommentar auf der Seite*
*unserer Online-Buchhandlung*
*und teile Deine Favoriten in den sozialen Netzwerken!*

Die präsentierten Inhalte werden vom Herausgeber überprüft, dennoch übernimmt dieser keine Haftung für die inhaltliche Richtigkeit, Vollständigkeit und Aktualität der vorgestellten Inhalte.



www.derQuerleser.de

ISBN digitale Ausgabe: 9782808686761
ISBN gedruckte Ausgabe: 9782808698160
Pflichtexemplar: D/2023/12603/1096

Cover: © Plurilingua
Logo: © Graphicrepublic (Freepik.com) und Plurilingua

*Digitale Aufbereitung: Primento, der digitale Partner der Herausgeber.*